U0116769

莫莉與索奇

文•圖／陳可菲

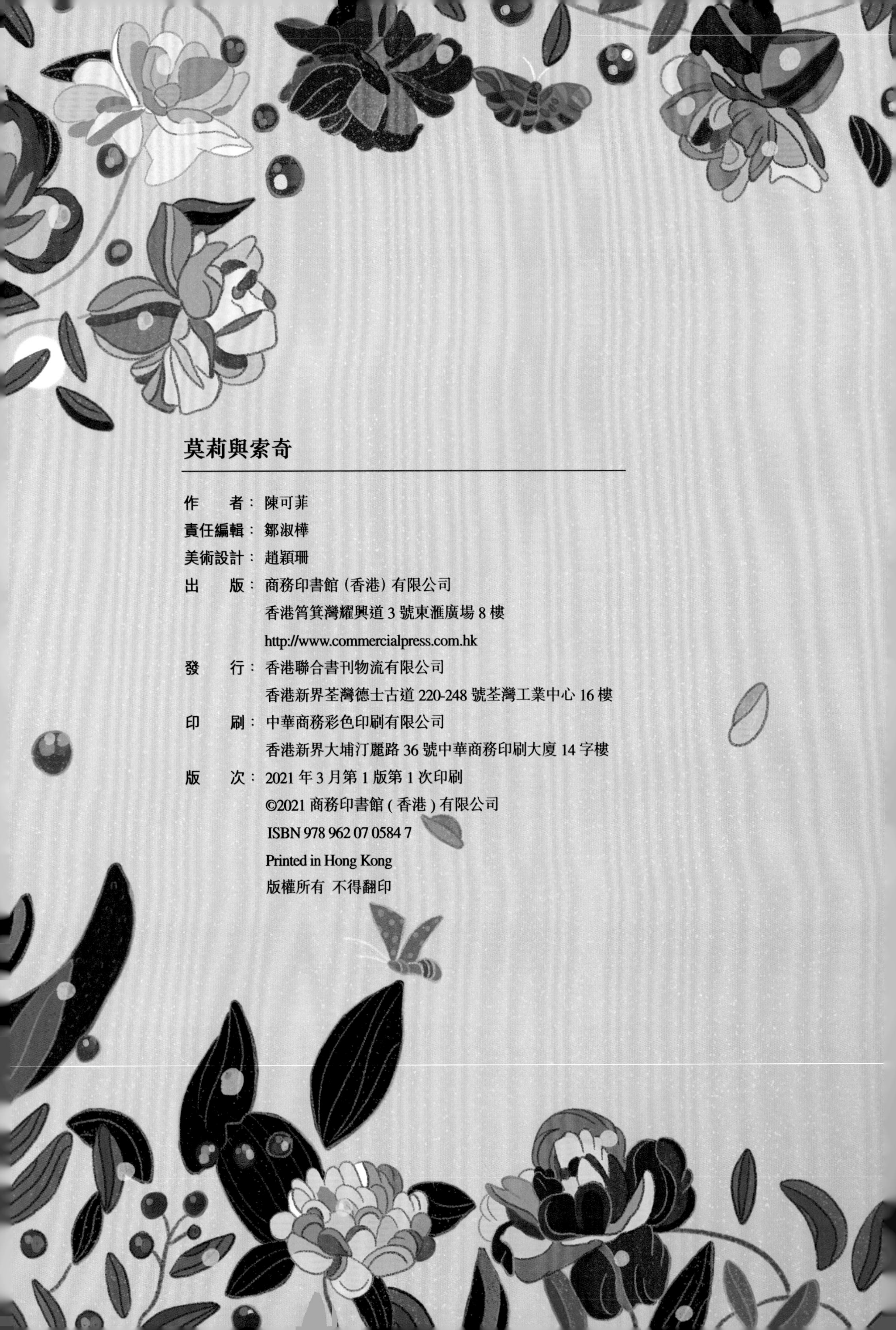

莫莉與索奇

作　　者：陳可菲
責任編輯：鄒淑樺
美術設計：趙穎珊
出　　版：商務印書館（香港）有限公司
香港筲箕灣耀興道 3 號東滙廣場 8 樓
http://www.commercialpress.com.hk
發　　行：香港聯合書刊物流有限公司
香港新界荃灣德士古道 220-248 號荃灣工業中心 16 樓
印　　刷：中華商務彩色印刷有限公司
香港新界大埔汀麗路 36 號中華商務印刷大廈 14 字樓
版　　次：2021 年 3 月第 1 版第 1 次印刷
©2021 商務印書館（香港）有限公司
ISBN 978 962 07 0584 7
Printed in Hong Kong
版權所有　不得翻印

本出版物獲第一屆「想創你未來－初創作家出版資助計劃」資助。該計劃由香港出版總會主辦，香港特別行政區政府「創意香港」贊助。

鳴謝：
主辦機構：香港出版總會
贊助機構：香港特別行政區政府「創意香港」

「想創你未來－初創作家出版資助計劃」免責聲明：
香港特別行政區政府創意香港僅為本目提供資助，除此之外並無參與項目。

在本刊物/ 活動內（或由項目小組成員）表達的任何意見、研究成果、結論或建議，均不代表香港特別行政區政府、商務及經濟發展局通訊及創意產業科、創意香港、創意智優計劃秘書處或創意智優計劃審核委員會的觀點。

在郊外巨石陣附近，小女孩莫莉和她的父母、還有那隻世上最可愛的小狗亨利，過着簡單快樂的日子。

一天，莫莉放學回來……

小狗亨利不僅沒有來安慰她，還在花園裏興奮地刨土。
不一會兒，小狗亨利叼來一塊佈滿塵土的泥板。

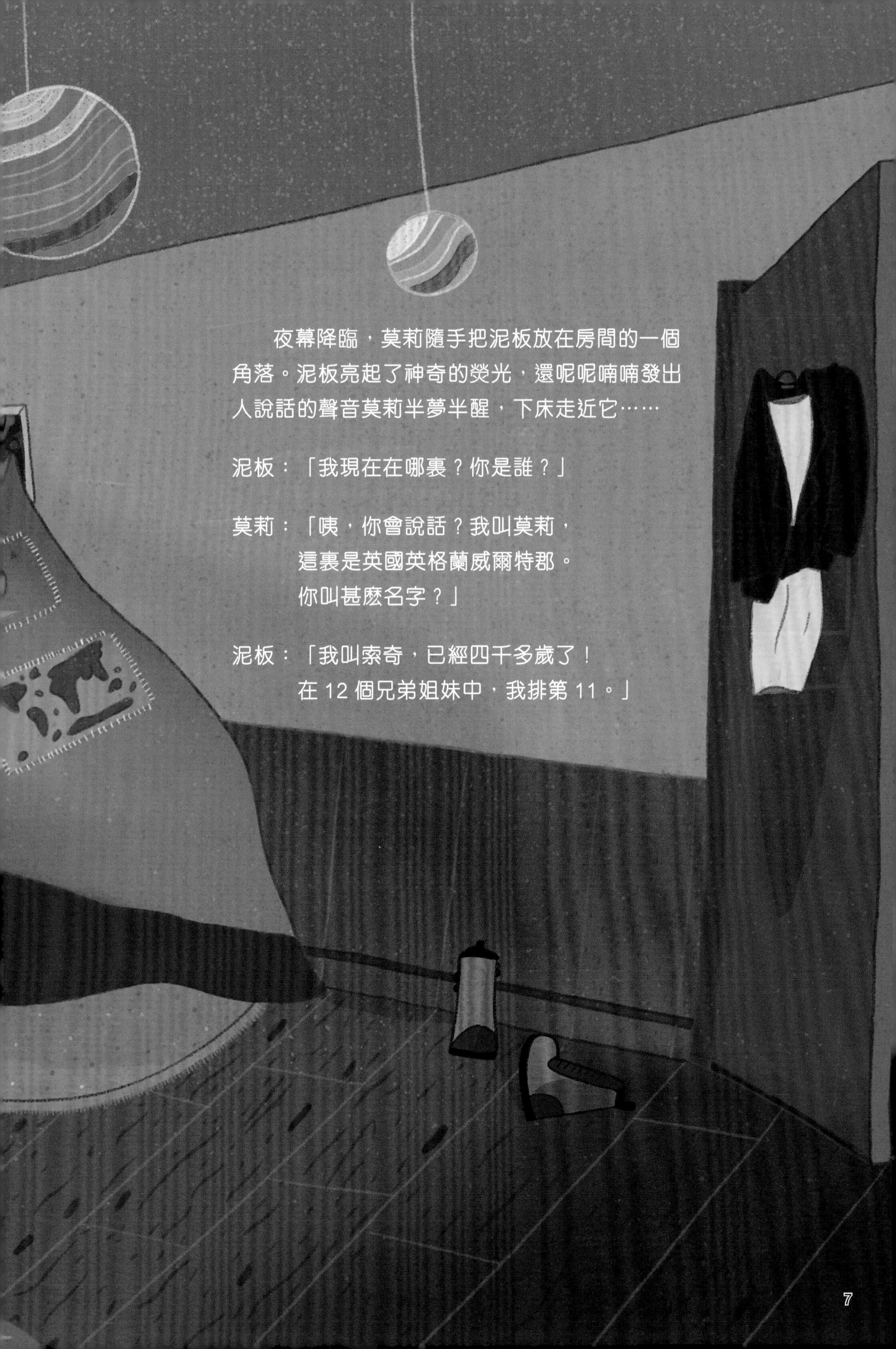

夜幕降臨，莫莉隨手把泥板放在房間的一個角落。泥板亮起了神奇的熒光，還呢呢喃喃發出人說話的聲音莫莉半夢半醒，下床走近它……

泥板：「我現在在哪裏？你是誰？」

莫莉：「咦，你會說話？我叫莫莉，
這裏是英國英格蘭威爾特郡。
你叫甚麼名字？」

泥板：「我叫索奇，已經四千多歲了！
在 12 個兄弟姐妹中，我排第 11。」

莫莉：「你看！這是我的平板電腦，它不僅
和你長得很相似，還可以查閱任何你
想知道的東西。你的家在哪裏？
你的家人呢？」

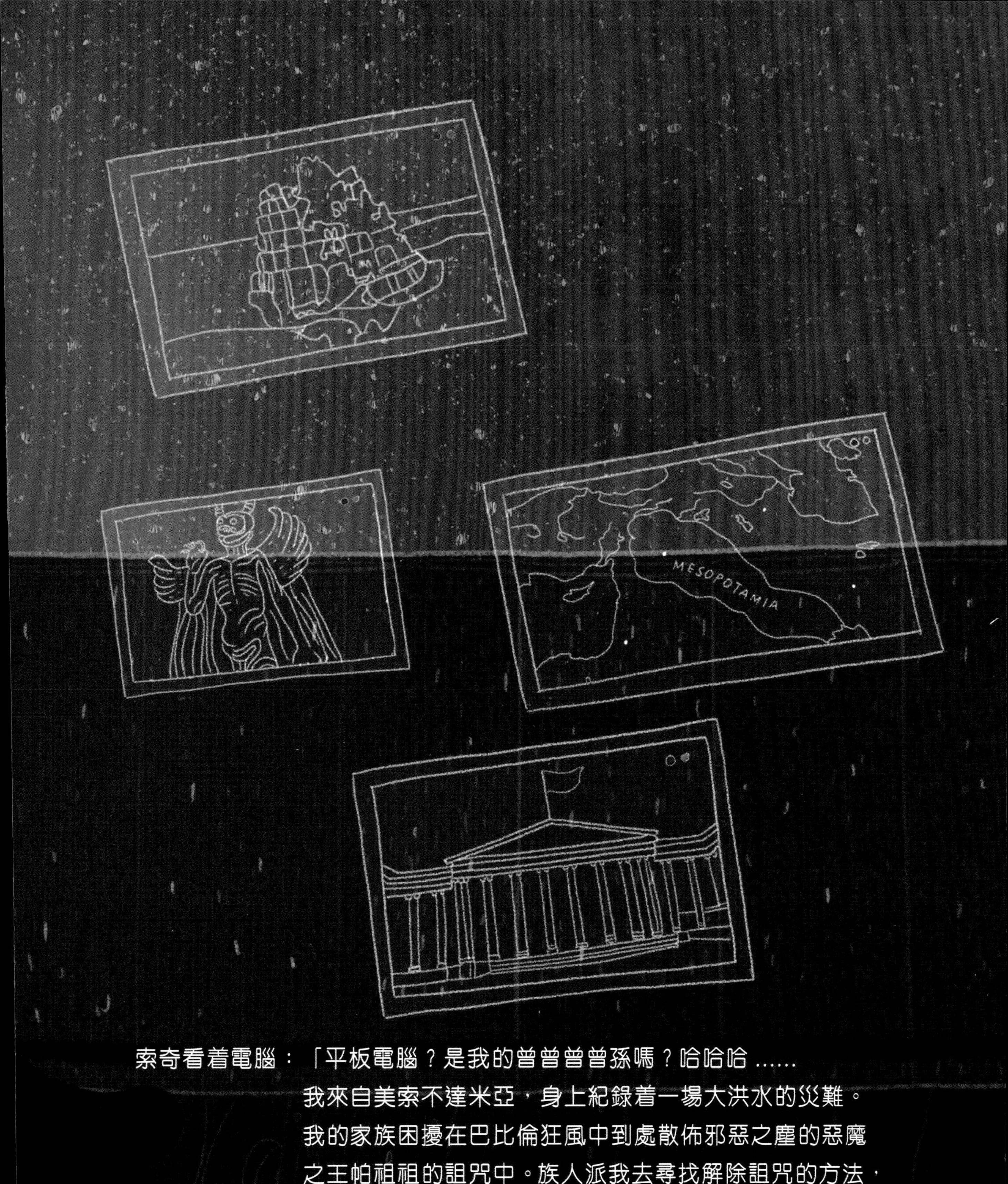

索奇看着電腦：「平板電腦？是我的曾曾曾曾孫嗎？哈哈哈……
我來自美索不達米亞，身上紀錄着一場大洪水的災難。
我的家族困擾在巴比倫狂風中到處散佈邪惡之塵的惡魔
之王帕祖祖的詛咒中。族人派我去尋找解除詛咒的方法，
所以我來到了這裏。」

莫莉：「但是我們怎麼可以穿越時空，讓你回到四千多年前的
美索不達米亞？」

索奇：「或許可以看看我肚子上的字符。
但我需要找到解除詛咒之法才能回去解救族人……」

MUSEUM STATION

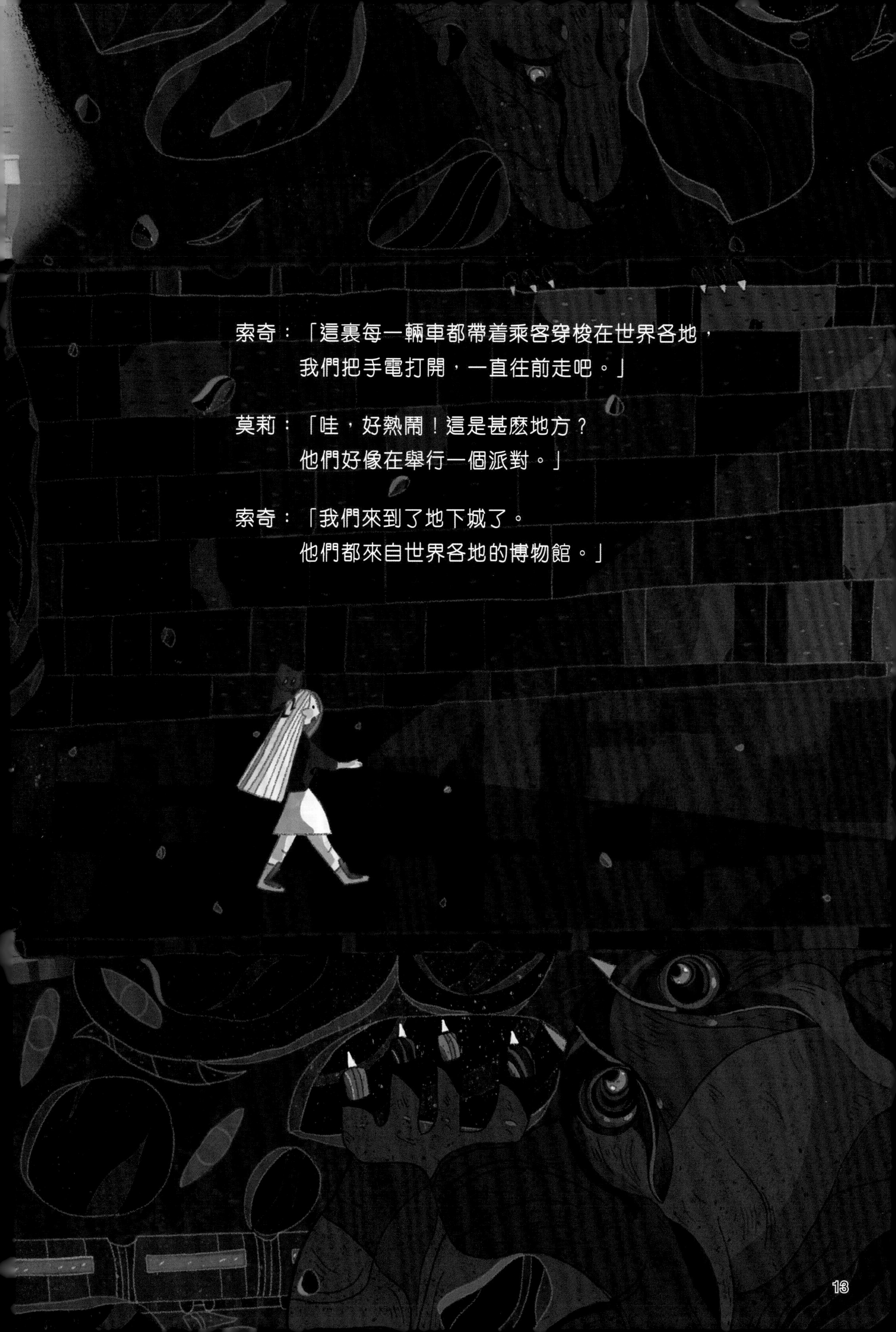

索奇：「這裏每一輛車都帶着乘客穿梭在世界各地，
我們把手電打開，一直往前走吧。」

莫莉：「哇，好熱鬧！這是甚麽地方？
他們好像在舉行一個派對。」

索奇：「我們來到了地下城了。
他們都來自世界各地的博物館。」

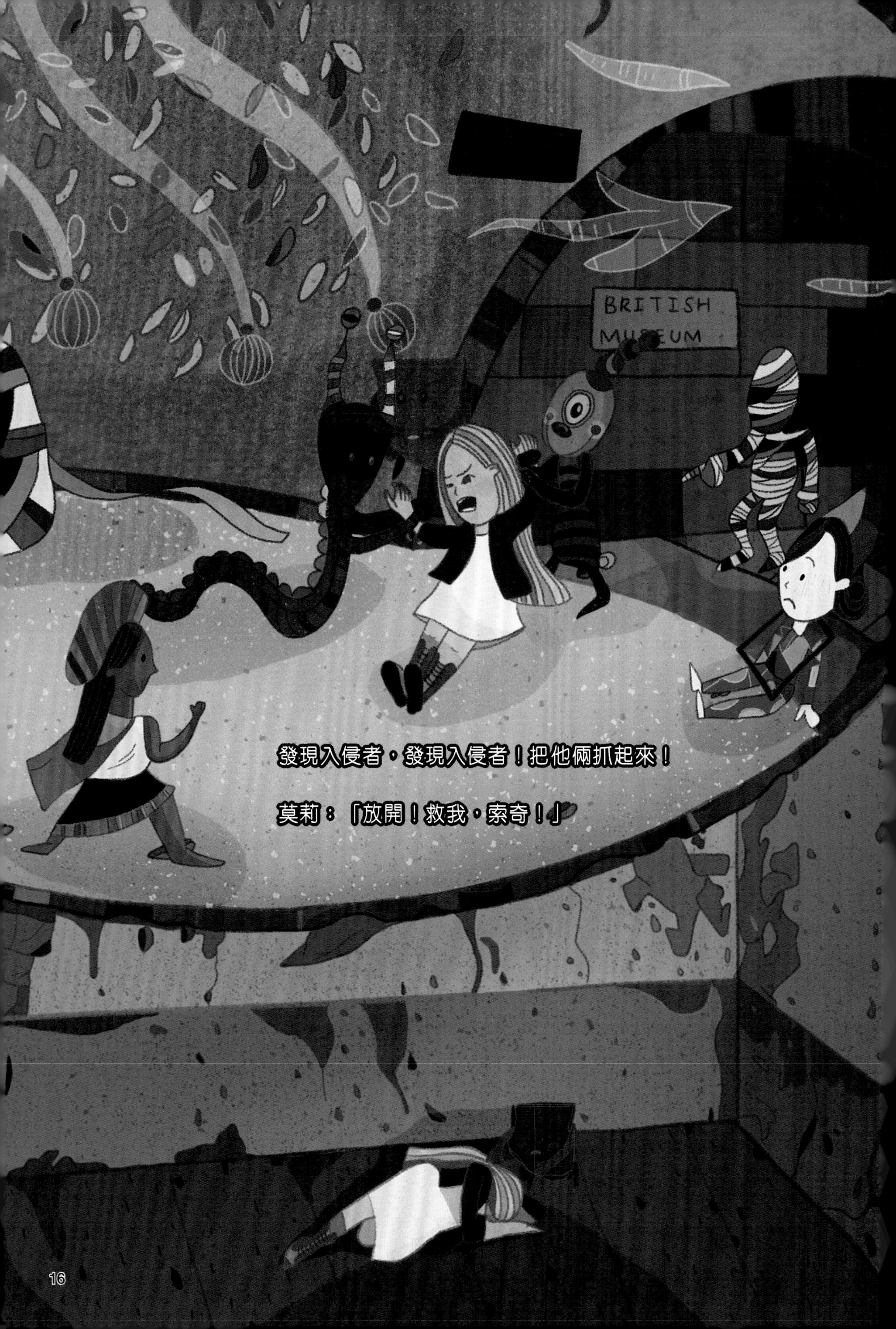

發現入侵者，發現入侵者！把他倆抓起來！

莫莉：「放開！救我，索奇！」

站長問莫莉：「你們是怎樣來到地下世界的？」
索奇：「應該是我肚子上的字符指引的。」
AR

站長：「如果你們想要解除詛咒，
現在唯一的方法是
去各地收集 5 個能量球。
我帶你們回到車站，
第一站你們去埃及吧。」

GYPT
NEW

莫莉：「哇，這就是埃及嗎？」

索奇：「是古埃及，我們來到公元前 13 世紀了。」

莫莉：「這些雕塑我在博物館見過呢。
那是冥界判官狼頭人阿努比斯！」

索奇：「坐上船，我們過河吧。」

莫莉：「這是太陽船嗎？」

傳說太陽船是法老死後
前往另外一個世界的交通工具。
每天只航行兩次，一次在白天，一次在夜晚。
夜間拉神將會在冥河揚帆航行。

莫莉：「我在歷史書上知道他，
聖經上出埃及的大魔王就
是他吧？」
索奇：「國王，我需要拿到能
量球救我的族人。」

拉美西斯二世：「你們先回答我的問題：
這一整片疆土誰的雕塑是最美最大的？」

莫莉思索片刻：「是您。您不僅是這一片疆土最大最美的雕塑，
您還是被製成雕像最多的一位國王。」

拉美西斯二世壞笑：「好！你去找我的女祭司吧。」

莫莉、索奇：「你是誰？」

薑人：「噓！ 聽好了！
主人根本沒有想過放走你們，
且無論如何也請不要
相信女祭司。
哦，切記！
貓，貓可以幫你們。
天亮前一定要離開這裏，
不然，
你們會被永遠困在這裏。」

莫莉：「打擾你了，我們來拿能量球。」
女祭司：「我早預感到今天會見到你們。
能量球就在這裏。
但如果能把你這個未來人的心臟挖出來，
放在天秤上一秤， 如果羽毛比你的心臟重，
我就把能量球給你。」

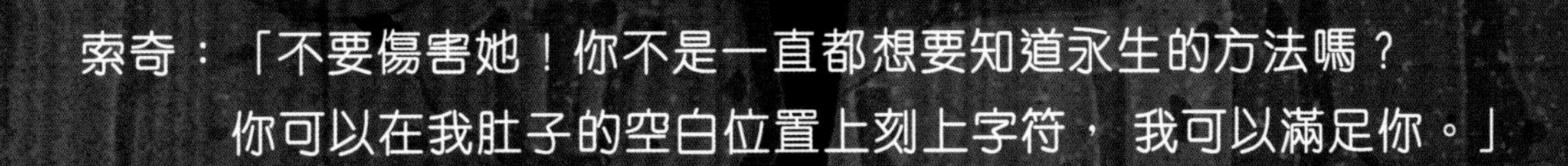

索奇：「不要傷害她！你不是一直都想要知道永生的方法嗎？
你可以在我肚子的空白位置上刻上字符， 我可以滿足你。」

女祭司：「太好了！ 但你們兩個我都想要！阿努比斯，活捉他們！」

索奇：「莫莉快跑！」
莫莉：「你剛剛拿到的青銅貓呢？」

狼頭人，木乃伊，甲蟲在後面追趕，索奇扔出了手中的青銅貓。
AR

東方出現一線陽光，大貓躍過尼羅河。

莫莉：「索奇，你剛剛救了我一命呢，謝謝你！。」

索奇微笑：「不用謝，我們還有很長的路要攜手一起走呢。」

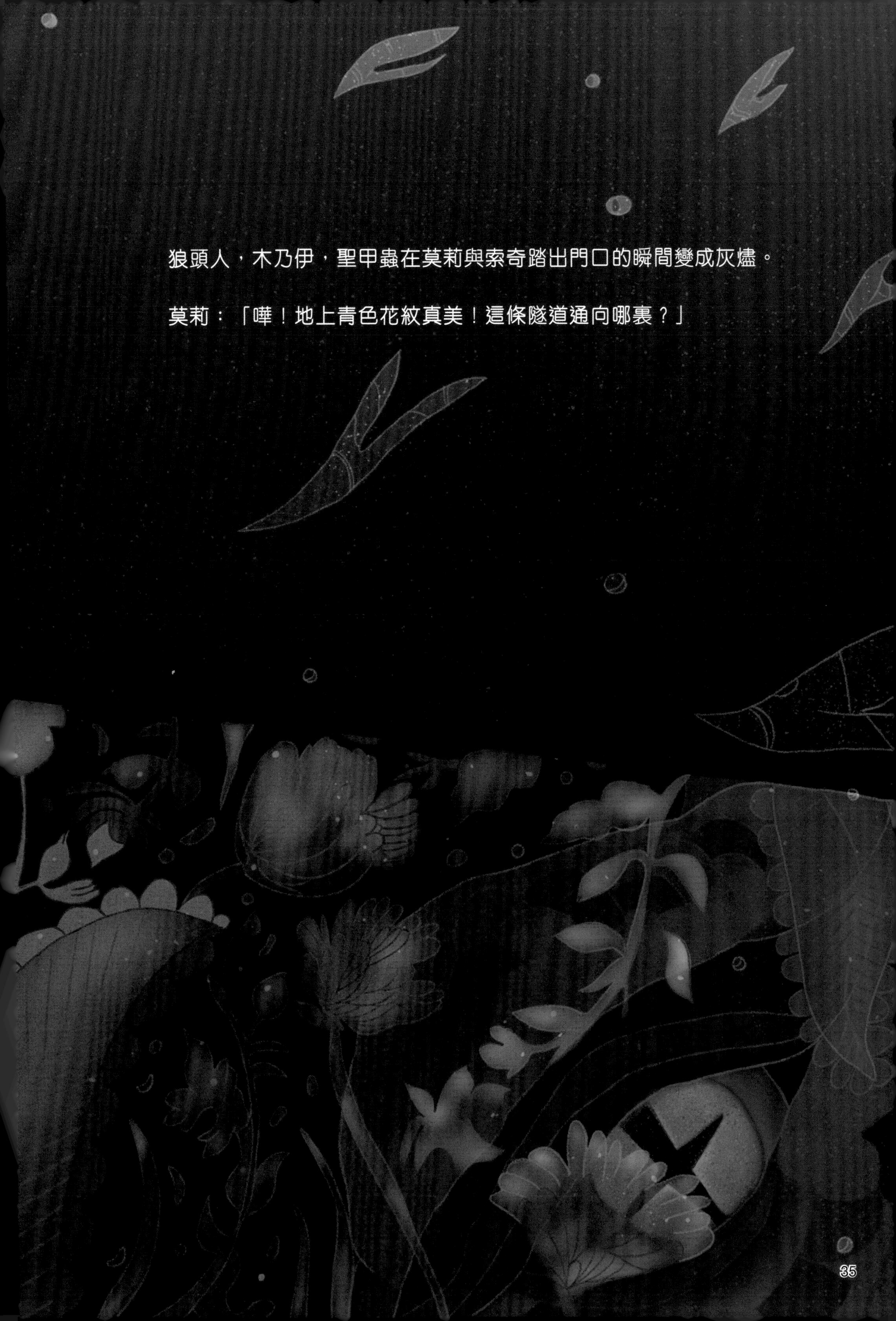

狼頭人，木乃伊，聖甲蟲在莫莉與索奇踏出門口的瞬間變成灰燼。

莫莉：「嘩！地上青色花紋真美！這條隧道通向哪裏？」

索奇：「莫莉！小心背後！」

青龍：「你們要找的能量球在鳳的腹中。
但你們要幫我找到她。
數月前的一個夜晚，
她外出後便失蹤了。
我上天下海找了一遍
也沒有發現她的蹤跡。」

索奇：「魚兒把我拱起來了！哈哈哈……」
莫莉：「好漂亮的綠荷花！
沒見過綠色的荷花？」

青龍：「這些都是瓷荷花，這種顏色叫天青色。
索奇你要小心，不要撞到荷花了！
你們細心看，
每一朵荷花上面都有非常細的龜裂紋。
前面山洞太小，我過不去。你們小心！
我會在山洞那邊等你們。」

莫莉尖叫：「看，這些是甚麼？」

索奇：「危險！ 是大雞們正在啄蜈蚣，快跑！」

莫莉：「終於過來了！你沒有受傷吧？」

索奇：「我沒有，你的腳流血了？」
莫莉：「這是我流的血嗎？」
索奇：「噢！你看，原來它們在為彼此上色，真有趣！」
莫莉 ：「太好玩了！ 我也把顏色潑到你身上。」
AR

青龍：「莫莉、索奇，你們還好嗎？快上來吧，
我們還要繼續往下走！」

莫莉：「夕陽很美，下面的景色也一定很美！」

青龍：「下面是仙竹林， 看，那邊粉色的是靈芝，
靈芝的上方是水仙， 綠色長條的是竹子，
還有壽石。」

索奇：「咦，這裏有一個女孩在哭。」

中國女孩：「我叫 lin，我找不到我的父親了。
我和父親相依為命，非常擔心他！
他要有甚麽不測，我以後可怎麼辦？」

莫莉：「鳳失蹤了，你父親也失蹤了，
這兩件事會有關聯嗎？」
青龍：「嗯，有一個人或許可以幫忙。你們跟我來吧。」
AR

青龍向 3500 多年前的龜板請安。

龜板坐在火堆前閉眼問：「你們要來占問甚麼呢？」

中國女孩：「我的父親連同數十工匠已經失蹤好多天了，
鳳也不見了，我們想要知道他們的下落。」

龜板：「如果你們想要得到答案，
必須拿這些棒在我身上多處燒灼，
直到出現一個個橫豎裂紋，
裂紋呈現吉兆，
你們可以找到你們想要的。」

莫莉遵囑燒灼。龜板出現兆紋。

龜板說：「此行略有不順，或許會見血光。」

眾人走過通往巨大窯爐的棧道，進入窯爐。

士兵：「發射。」

窯主人：「哈哈哈，實在是天助我也，
今天一條活龍自己送上門，
我要把一龍一鳳進貢給皇帝，
皇帝開心，我就能升官發財了！
哈哈哈 ......」

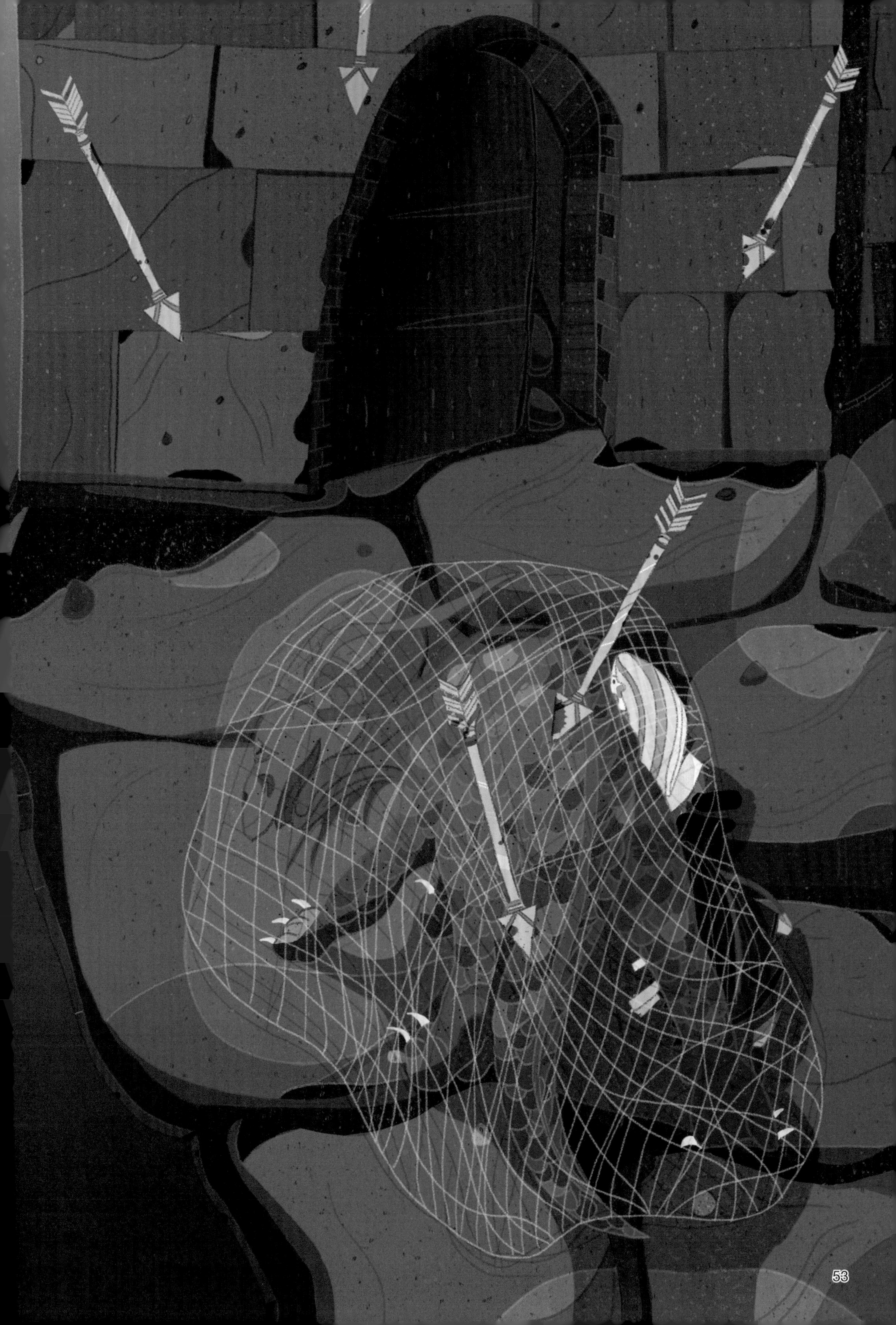

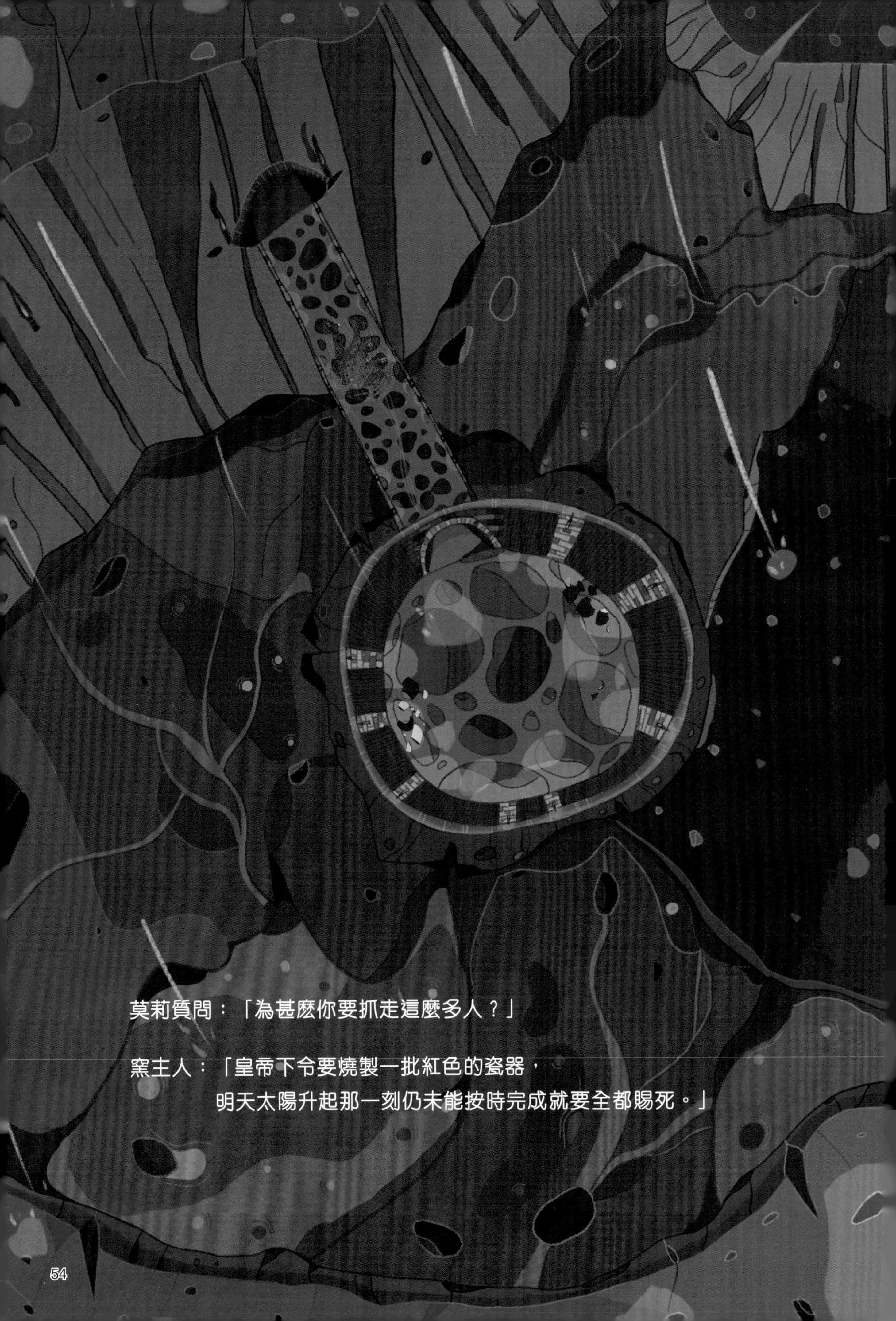

莫莉質問：「為甚麽你要抓走這麽多人？」

窯主人：「皇帝下令要燒製一批紅色的瓷器，
明天太陽升起那一刻仍未能按時完成就要全都賜死。」

女孩父親：「唉，燒製這紅色瓷器實在不容易，
需要憑雙眼來掌握燒製溫度。 如果
溫度稍微有偏差，這紅色就消失了。
我們實在沒有辦法短時間內完成啊！」

窯主人：「哈哈哈，除非有人自願跳入火窯⋯⋯
這塊泥板也沒有甚麼用，乾脆一起燒了吧！」

莫莉：「不要燒泥板， 放過他！我也願意用我的血
染紅瓷器。」

中國女孩：「只要你能信守承諾放過我的父親和其他
　　　　　窯工們！我願意！」

莫莉：「我也願意！」

（倒計時）「1、2、3」

中國女孩：「對不起，是我連累你們。
我還沒有問你的名字。」

莫莉微笑：「這是我自己做的決定。
我叫莫莉，莫莉・羅斯。」

鳳在最後關頭救了兩個女孩，把她們放到平台。

龍咬住一個獄卒，索奇飄在了半空。

鳳吐出腹中能量球放在了莫莉手上。

青龍：「謝謝你們帶我找到了鳳。我仍要回去懲治那班惡人。」

索奇：「啊， 莫莉，你的腿！
你不屬於這裏，
在這個世界待太久，
你也許就回不去了。」

莫莉：「我不會與你分開的，
我們還要到下一個旅程尋找能量球呢。」

中國女孩：「謝謝你們！
希望你們未來的旅途一切順利。
我也要回去找我的父親了。再見！」

中國女孩最後化身成千萬隻蝴蝶⋯⋯

媽媽：「莫莉快起床上學了，
快要遲到了。」
莫莉：「我做了一個很長很長的夢，
夢到好多蝴蝶……」

莫莉喃喃自語地走進洗手間，

發現梳妝鏡前竟然真有一隻大蝴蝶，

她驚訝地看見了自己腿上的傷。

作者的話

畫畫之餘，我在倫敦某專業導賞機構當導賞員。由於工作的緣故，我常常到大英博物館參觀遊賞，古埃及館、古希臘館、亞洲館、中東館……有一天，我偶然地走了這樣一條觀賞路線：

Start!

青銅貓

埃及人相信死而復生。青銅貓是古埃及墓葬中最常見的陪葬品之一。 貓在埃及文明中象徵着拯救者。女神巴斯（Bastet） 就是貓頭人身的女人。貓不僅僅是神的化身，其本身就是神。

古埃及人認為尼羅河是一條分界線，一岸住活人，一岸住死人。所有的金字塔，全部建造在尼羅河的西岸。而古埃及人相信唯一能夠遊走於生死兩界的動物就是貓。所以貓也成了最常見的陪葬品之一，目的是要把陵墓的主人從尼羅河的西岸帶到復活的東岸。

元青花瓷

元青花瓷又稱「元青花」。素雅高貴，酷似中國水墨畫。青花瓷始於唐朝，盛於元朝。所用灰藍色鈷料稱為「蘇麻離青」，產至波斯，通過絲綢之路輾轉萬里運至中國，製成青花瓷後又大部分銷往海外。當時受到西域文化影響的中國工匠開始將傳統的中國圖案用青花原料畫在瓷胎上。元青花具有豐富的主題紋飾。植物類如纏枝菊、芭蕉葉、纏枝蓮、纏枝牡丹、菊花、月梅等。動物類有龍、鳳、魚藻、麒麟等。還有人物故事類和其他輔助紋飾。目前，完整無缺損的元青花瓷器大約有 300 多件，被世界頂級博物館收藏。中國藝術品在海外的第一次大拍賣，首拍的就是元青花。

羅塞塔石碑

羅塞塔石碑（112.3cm(H) x 75.7cm(W) x 28.4cm(THK)）是大英博物館的鎮館寶藏之一。花崗閃長岩材質製造。1799 年，拿破侖遠征埃及，士兵們挖戰壕時發現了這塊石碑。拿破侖擁有它不到兩年時間，1801 年英軍戰勝拿破侖，提出除了戰後賠款以外，也要把法國人多年在埃及所有的考古發現，包括這塊石碑，以戰利品的形式沒收。石碑在 1982 年運抵英國，並以英王的名義捐給大英博物館收藏。

石碑正面用三種不同的文字紀錄相同的內容——古埃及法老托羅密五世的詔書。第一種文字是古埃及的象形文字「聖書體」，一種獻給神明的文字。古埃及幾乎所有的文獻、法典、大事件都是用這種文字來書寫的。這種文字在四世紀的時候消亡，古埃及文明隨之斷代。第二種文字是古埃及草書體（世俗體），是平民使用的書體，後來也失傳。第三種文字是記錄統治階級語言的古希臘文，近現代人仍可以閱讀。石碑三種文字並用，成為文字學家對照破解碑文的關鍵。

在 19 世紀法國文字學家尚．佛罕索瓦．商博良 (Jean-François Champollion) 不懈努力之下，石碑上的「死亡文字」終被破譯。於是，1000 多年來眾多的古埃及不解之謎迎刃而解。因此，這塊石碑也被稱之為「通往古埃及文明的鑰匙」。

亞述大洪水泥板

亞述大洪水泥板（15.24cm(H) x 13.33cm(W) x 3.17cm(THK)）是 1849 年英國人萊雅德在尼尼微發掘的「大洪水」泥板碎片。泥板上書寫的文字是美索不達米亞最早期發展的書寫系統。後來通過學者研究，解讀了泥板上的文字記錄了一場大洪水，預示洪水即將席捲世界，讓人們修建船隻拯救生命。

汝瓷

中國瓷器初盛於唐朝中期。至宋代，瓷器製作工藝登峰造極。「汝瓷」盛名於北宋「五大名窯」——汝、官、哥、定、鈞之首。北宋末年，北方瓷器以青色或白色為主。宋瓷追求簡約純淨，其中汝州生產的青瓷以釉色取勝，俗稱「汝瓷」。汝瓷有天青色、天藍色、豆綠色、月白色等。汝器在宋徽宗時期為御用瓷器。製作天青瓷器時，窯工把汝州附近產的瑪瑙磨成粉入釉，色澤青翠，素雅自然，享有「雨過天青雲破處」之美譽。正是物以稀為貴，現今存世古代汝瓷僅 60 多件。

鬥彩雞缸杯

鬥彩雞缸杯目前全世界只有十九個。它是明代成化皇帝的御用酒杯。杯的外壁一側畫了一雄一雌兩隻雞和一隻小雞在啄食蜈蚣；另一側是雄雞、雌雞、小雞一家其樂融融的畫面。

雞缸杯的製作工藝先進。首先在素胎上着青花紋飾透明釉，經過 1300 度高溫燒成胎體，之後在預留的青花紋飾上填五彩顏色，再二次入窯，以低於 800 的溫度低溫焙燒。彩杯多種顏色爭奇鬥艷，故名鬥彩。雞缸杯的器型、工藝、色彩都代表着明代超高的製作水準。

琺瑯彩瓷

琺瑯彩瓷是在中國古代所有瓷器中最精緻、最稀有的，是在已經燒製完成的白色瓷體上，用多種重金屬混合物及天然礦石研製而成的釉料，繪上裝飾花紋或圖樣並再次燒製而成，上釉後的紋樣呈現有光澤的不透明或半透明狀，非常精美。

釉裏紅

釉裏紅使用的是銅料，由於銅離子不太穩定，對溫度極其敏感，燒製時需達到 1300 度高溫，溫度上很小誤差也會導致最後發色不準確。在沒有先進儀器和溫度計的古代，只能靠有豐富經驗的窯工僅憑一雙眼來掌握火候，即便是頂級工匠也很難在短時間內燒製成功。由於製作難度大，成品率極低，導致釉裏紅一直無法被大批量推廣。在明洪武時期，中國工匠燒製出一批非常珍貴的釉裏紅。相傳明朝宣德年間，紫禁城在籌備盛大的祭祀活動時，宣德皇帝對祭祀用的器皿很不滿意。按當朝朱家天下之禮，祭祀的器皿一定要用紅色，方可感應先祖，保佑大明江山社稷。於是宣德皇帝下令景德鎮御窯製造釉裏紅瓷器。

博物館裏的世界文物珍藏琳瑯滿目、舉不勝數。遊歷其中，我在想刻板的介紹文字也許難以激發兒童的學習興趣，可否用繪畫故事吸引兒童對歷史文化產生興趣呢？於是我動了為兒童讀者構思《莫莉與索奇》這本帶有魔幻色彩的歷史文化故事繪本的念頭並付諸行動。

親愛的各位讀者，你們能夠在繪本的畫中找到我隱藏在其中的哪些歷史文物嗎？

除了細細欣賞閱讀，請你們記得掃描書後的二維碼下載 APP，通過 AR 科技多維視角，找出我為你們準備的小秘密，一齊來認識世界標誌性歷史文物的製作工藝，了解世界文明的演進與發展吧！

作者簡介

陳可菲（Faye Chan）

專業畫家、插畫師、平面設計師，自然歷史博物館、國家畫廊等專業導賞員。畢業於英國倫敦藝術大學，現居英國倫敦。擅長當代繪畫、奇幻創意插畫，作品受國際藝術界廣泛關注，近年入選於北京、上海、廣州、香港、台北、倫敦、東京、洛杉磯等地舉辦的 30 多個頂級畫展，被 20 多家藝術機構收藏、收錄。

故事待續……

To be continued...